Ye

13742

L'ABUS DES MOTS,

SATIRE;

Par M***.

Prix : 75 centimes.

A PARIS,

Chez { AIMÉ ANDRÉ, Libraire, quai des Augustins, n° 59;
DELAUNAY, Libraire, au Palais-Royal.

1819.

L'ABUS DES MOTS.

Les mots sont complaisans, a dit un orateur (1);
On en fait ce qu'on veut; par finesse, ou par peur,
Pour resserrer des fers, pour créer des injures,
On leur fait éprouver mille et mille tortures :
Mais bientôt, triomphans de tant d'absurdités,
Las des sens corrupteurs qu'on leur avait prêtés,
A leur premier état avec force ils renaissent,
Et, toujours opprimés, toujours ils reparaissent.
    Mais j'entends s'écrier ce plat logicien :
« Oui, la pensée est tout et les mots ne sont rien. »
Eh! malheureux! comment exprimer ta pensée
(Si tu penses pourtant) sans l'image tracée,
Où l'œil sait découvrir et transmettre à l'esprit
Ce que l'esprit invente et que la main écrit?

---

(1) L'auteur a regretté de ne pouvoir faire entrer dans un vers cette expression si heureuse de M. Benjamin Constant : *les mots ont la vie longue.* Bien que la prose de M. Benjamin Constant ne soit point de la prose poétique, la poésie serait trop heureuse si elle pouvait s'enrichir de toutes les expressions vives, énergiques et pittoresques dont est parsemé le style de ce célèbre écrivain.

Ou sans ces heureux sons dont l'air dépositaire

Apporte jusqu'à nous l'impression légère.

Ainsi l'art de penser n'est que l'art de parler.

De ce principe en vain tu voudrais appeler;

Si tu parles en sot, tu penseras de même.

Jadis d'un empereur la science suprême (1),

Observant les défauts du romain alphabet,

Y voulut ajouter, pour le rendre parfait,

Trois lettres seulement : c'était bien peu de chose.

Voyez à quels affronts la puissance s'expose !

Malgré leur lâcheté, les Romains obstinés

Rejetèrent loin d'eux ces signes nouveau-nés.

Personne n'en voulut, hors l'Empereur peut-être,

Et quelques courtisans, vils flatteurs de leur maître.

On fait plus aujourd'hui; c'est aux mots qu'on en veut.

Chacun pour s'en servir les tourne comme il peut.

On n'a point oublié l'intention comique

De cet abbé ministre, habile politique,

Qui devait *réprimer* et qui sut *prévenir* (2).

---

(1) On sait que l'empereur Claude voulut introduire trois lettres dans l'alphabet. Les Romains n'en voulurent point, et défendirent mieux leur alphabet que leur liberté.

(2) Jamais on n'avait vu un tel flux d'érudition. Chaque journal ministériel d'alors était un petit traité de grammaire, où l'on démontrait évidemment que *réprimer* voulait dire *prévenir*. C'est une belle chose que la science !

Malgré nous, pour un temps, il fallut convenir
De la fraternité de ces mots si contraires.

Ainsi l'on voit, parfois, sur les bancs des galères,
L'honnête homme, conduit par un injuste arrêt,
Obligé de traîner l'humiliant boulet
Avec le scélérat qu'un même fer enchaîne.

Hommes d'Etat, pourquoi vous donner tant de peine ?
Et pour nous gouverner faut-il donc nous tromper ?
Sous ce prétexte vain, pensez-vous échapper
Au jugement si fin de ceux qui vous entendent,
Au jugement si sûr de ceux qui vous attendent ?
Chacun y veut voir clair aujourd'hui. Croyez-moi,
Mettez dans vos rapports un peu de bonne foi,
Tout n'en ira que mieux. Ce siècle qu'on déprise
Demande qu'on lui parle avec pleine franchise;
Et tous ces beaux traités, violés tant de fois,
Cet oubli des sermens, ce fier mépris des lois,
Tous ces raffinemens de la diplomatie,
Monumens de mensonge, archives d'ineptie (1),
Ne semblent à ses yeux qu'un code de brigands.
La lisière est brisée et les peuples sont grands.

O divin Maupertuis ! ton projet admirable (2);

____

(1) Serait-il donc vrai que le traité de Gand n'est pas un chef-d'œuvre ?
(2) On connaît le projet de Maupertuis, qui voulait percer un trou

Ton utile projet, qu'un rival implacable

Par mille traits plaisans avait en vain tenté

De livrer au mépris de la postérité,

Va s'accomplir enfin, quoi qu'on dise ou qu'on fasse.

Un préfet, glorieux de marcher sur ta trace,

Jusqu'au centre du globe entreprend de percer;

Et dans ce *trou* profond il prétend entasser

Des sauveurs de l'État les superbes sottises (1),

Et de ses chers prévôts les sanglantes méprises.

Ah! puisqu'il a trouvé place pour tant d'horreurs,

Que ne peut-il encore y cacher leurs auteurs!

De nos hommes d'Etat privilége risible!

Qu'on arrête, qu'on juge, on devient infaillible;

Sans crainte et sans remords on verse votre sang;

Mais il vous est permis de mourir innocent;

Et si de vos parens la douleur contenue,

Supplice de leur âme, y demeure inconnue,

On n'a rien à leur dire, et de leurs pleurs discrets

On veut bien respecter les pénibles secrets :

____

au centre de la terre pour examiner les effets de la pesanteur. Ce but
pouvait être utile ; mais celui de M. de Ch..l l'est infiniment davan-
tage. Il ne manque plus que l'exécution, et c'est peu de chose.

(1) Après avoir lu les Mémoires de MM. Fabvier et Sainneville, il
faut être bien prévenu par l'esprit de parti pour ne pas convenir que
MM. Canuel, etc. ont sauvé l'état. Demandez plutôt à la Cour d'appel.

Voilà ce qu'on appelle exercer la clémence.

Mais si, hardis à rompre un commode silence,

Père, fils, femme, époux, vous élevez la voix

Qui, dénonçant enfin d'exécrables exploits,

Livre les assassins au glaive impitoyable

Dont Thémis doit frapper la tête du coupable (1),

Vous êtes *factieux*, et leur punition

N'est qu'un injuste effet de la *réaction*.

    Eh! pourquoi ranimer des haines mal éteintes

Par l'éclat importun de ces nombreuses plaintes?

Veut-on perpétuer d'odieux souvenirs?

Apaisons nos regrets, étouffons nos soupirs.

Aujourd'hui ces messieurs, plus calmes, plus tranquilles,

Quand ils ont tout changé, se sont faits *immobiles*.

Immobile est le nom le plus cher à leurs yeux.

L'immobile manant n'a pas besoin d'aïeux;

De ce mot si fécond la magique puissance

Donne le goût, l'esprit et même la naissance.

Enfin c'est attaquer la légitimité

Que manquer de respect à l'*immobilité*.

    Honneur donc et respect aux *hommes monarchiques*

---

(1) Il y a des gens qui prétendent qu'on ne verra jamais la fin du procès intenté aux assassins du maréchal Brune. Ces gens-là sont trop pressés : nous ne partageons point leur avis.

Qui, par les sens divers de leurs jargons mystiques,

Tourmentant le langage au lieu de l'enrichir,

De nuages obscurs cherchent à le couvrir.

Il n'est pas toujours bon d'éclairer le vulgaire (1),

Et savoir ce qu'on dit n'est jamais nécessaire.

Mais cet art d'embrouiller le plus simple bon sens,

D'opprimer la raison sous de faux argumens,

Des immobiles seuls n'est point l'heureux partage :

On en fait autre part un excellent usage.

En voulez-vous la preuve, écoutez : — Dans le temps

Où le siècle était prêt d'accomplir dix-sept ans,

On voulait à tout prix enchaîner la pensée.

De son trop vif essor la France menacée

Devait perdre bientôt son repos sépulcral.

— La presse, disait l'un, n'est qu'un présent fatal,

Un *poignard*, un *poison*, enfin une *vipère*,

Et la loi qu'on vous offre un *bocal salutaire* (2).

— Messieurs, disait un autre, ingénieux parleur,

Qui du plus mauvais pas s'esquive avec bonheur,

____

(1) Les *honnêtes gens* prétendent que la méthode d'enseignement mutuel est une institution révolutionnaire, subversive du trône et de l'autel ; mais que la méthode des frères Ignorantins ou ignorans est bien préférable, et doit seule être suivie. C'est une grande question : on demande du temps pour se décider.

(2) *Voyez* le discours de M. L...é, où il déploya une éloquence rare. La *vipère* et le *bocal* surtout produisirent un grand effet.

Il est clair que la loi convient à tout le monde,

Car personne n'en veut. — Eloquence profonde (1),

Bien digne d'un projet si prudemment conçu,

Et qui l'eût fait passer si..... le ciel l'eût voulu!

Politiques d'un jour, que l'emploi des bascules

Rend si bassement fiers, si vains, si ridicules,

De ce faux équilibre abjurez les erreurs;

N'insultez pas l'esprit pour attirer les cœurs.

On veut bien quelquefois, grâce à la *circonstance*,

D'un droit qui nous est dû céder la jouissance :

On permet que la main de la nécessité

Sous le voile, un moment, cache la liberté.

Ainsi Rome jadis, dans un péril extrême,

Sans le craindre nommait un dictateur suprême,

Qui, bientôt effrayé d'un honneur dangereux,

Se hâtait d'en descendre et se croyait heureux (2).

---

(1) On peut se rappeler que le projet de loi sur la liberté de la presse présenté à la session de 1817, fut également combattu par le côté gauche et le côté droit, ce qui fit dire à M. le comte de C.....e que c'était précisément pour cela qu'il fallait l'adopter. Mais il n'est pas exact de dire avec l'auteur que *personne n'en voulut,* car le centre le soutint vigoureusement. Peut-être l'auteur ne compte point le centre, parce qu'il ne lui suppose point d'opinion propre. C'est encore une erreur. Il est incontestable que le centre a une opinion, et il faut bien qu'elle lui appartienne puisqu'il la vend.

(2) Jamais, dans les beaux temps de la république, les dictateurs romains n'ont conservé leurs fonctions pendant tout le temps qu'elles

Mais ce qu'on ne veut point, ce que chacun abhorre

C'est cette ambition qu'un faux zèle colore ;

C'est cet art impudent d'appesantir nos fers,

En assurant qu'on veut les rendre plus légers (1) ;

De peindre en bien le mal et les vertus en crimes,

D'étaler, sans rougir, d'insolentes maximes ;

Et, par l'achat honteux de vils législateurs,

Nous rendre de nous-même infâmes oppresseurs.

Les peuples aujourd'hui ne sont plus si frivoles ;

Ils veulent que le sens marche avec les paroles.

La liberté, pour eux, ne peut être un vain son ;

C'est du siècle vivant la noble passion ;

Il faut la satisfaire. Insensés que vous êtes !

Gardez-vous d'exciter d'effroyables tempêtes.

Contre l'opinion, qui s'avance à grands pas,

Que peuvent les efforts de vos débiles bras ?

Au soleil qui s'élève, en sa course brillante,

Irez-vous dire : — « Eteins ta lumière éclatante ;

» Cache ce pur flambeau qui déchire nos yeux,

» Ou va porter ailleurs d'insupportables feux.

---

leur avaient été confiées. On voit bien qu'ils n'avaient point la *science du pouvoir.*

(1) Quoique cette rime ait été employée par Voltaire (*Zaïre* , act. II, sc. II), nous penserons toujours , avec MM. des Débats, etc., etc., qu'elle n'est pas suffisante.

» Le dieu que nous aimons, c'est le dieu des ténèbres. »
Tristes oiseaux de nuit, malgré vos cris funèbres,
L'opinion, semblable au dieu brillant du jour,
Du globe tout entier achèvera le tour,
Et, comme lui, verra sous sa vaste puissance
Des peuples et des rois s'effacer la distance;
Flétrira, sur le trône, un tyran détesté;
Rappellera la paix, l'ordre, l'humanité,
Et, sans craindre d'offrir de criminels scandales,
Blâmera, s'il le faut........ jusqu'aux cours prévôtales (1).

Nous avons vu naguère un ministre éloquent
Perdre, par un seul mot, le facile ascendant
Que l'opinion seule imprime, ôte ou conserve :
Tant on doit avec elle employer de réserve !
Plus d'une fois, frappés de traits inattendus,
On le vit renverser ses ennemis vaincus ;
Modèle tout nouveau d'une rare droiture,
Il ne repoussait point la raison par l'injure ;
Digne appui de Thémis, ses redoutables mains
Marquaient du sceau fatal le front des assassins
Qui, sous le couteau même, effrayant leurs victimes,

______

(1) On sait assez qu'il ne faut pas plaisanter avec les cours prévôtales ;
mais M. de Ch...l nous a appris qu'il ne fallait pas même s'en mocquer.
C'est un homme bien sévère que M. de Ch...l.

Échappaient au bourreau par l'excès de leurs crimes.

Fils de l'opinion, et par elle exhaussé,

Au sommet de sa roue il s'était vu placé.

L'ingrat l'a méconnue, il tombe... O jour sinistre !

C'était un citoyen, ce n'est plus qu'un ministre.

Un seul mot a flétri l'éclat de ses succès :

Les proscrits, a-t-il dit, ne rentreront JAMAIS (1).

Mot terrible et cruel ! devise épouvantable ,

Que la mort, dont la faux seule est inévitable,

Seule aussi peut inscrire aux portes du néant.

Dans la bouche de l'homme, atôme d'un moment,

Cet orgueilleux *jamais* né de son importance,

Devient l'expression de sa fière ignorance,

De ses âpres désirs le calcul odieux.

Mais le sort le dément, en dépit de ses vœux.

Ministres, voulez-vous suivre un conseil utile ?

____

(1) S'il est un spectacle douloureux pour l'homme qui chérit la vertu, c'est la perte d'un beau caractère. Personne ne s'était montré avec tant d'avantage que M. de Serre. La franchise du ministre rappelait l'impartialité du président de la Chambre des Députés. Le 17 mai a été, sous tous les rapports, un jour de deuil pour les vrais Français. Espérons toutefois que l'impression produite par le fameux *jamais* s'effacera peu à peu , surtout quand on saura comment il a été amené, et quand nos exilés seront ou rentrés ou jugés. Il serait aussi par trop pénible d'abandonner les flatteuses espérances qu'avait fait concevoir M. de Serre par la pureté de ses principes et la loyauté de sa conduite.

Déposez des grands mots l'emphase puérile :

N'allez pas remuer ciel et terre pour rien,

Car le public s'en moque..... et cela n'est pas bien.

Aujourd'hui , grâce aux dieux, sans se faire proscrire,

D'un sot en place on peut se permettre de rire :

On peut même traiter de folles visions

Ces foyers de voleans, ces conspirations (1) ,

Ces complots ténébreux, ces mines diaboliques,

Qui de Paris, leur centre, aux terres germaniques,

Sous le sol d'Albion, près des murs de Cadix,

Tiennent tout embrassé de leurs rameaux hardis.

Quoi ! si Venezuela veut son indépendance,

Lafitte et Bolivar sont-ils d'intelligence ?

Et si quelque désordre éclate dans Berlin,

Faut-il en accuser Manuel ou Chauvelin ?

O vous, dont le génie et sublime et bizarre,

Dans le simple écolier voit un *jeune barbare* (2) ,

Et qui, pour nous donner de si vertes leçons ,

Avez du Sénimole écouté les chansons !

O vous, modeste auteur de la Dot de Suzette !

Qui fixez les regards de la France inquiète,

---

(1) *Voyez*, dans le Conservateur , le début de M. O... dans le genre grave.

(2) M. de Châteaubriant, sur l'Ecole de Droit.

Que l'Europe contemple, et dont le seul aspect
Au juge, sur son siége, imprime le respect (1)!
Et vous, troupe fougueuse et pourtant ignorée, —
Qui suivez de vos chefs la bannière sacrée,
Qui, de la calomnie envenimant les traits,
Par amour pour la France insultez les Français,
Cessez enfin, cessez, citoyens parricides,
De mendier au loin ces secours homicides
Dont l'indigne présence est un malheur affreux,
Dont la seule demande est un crime honteux.

Eh ! pourquoi recourir aux forces étrangères ?
En paix et parmi nous terminons nos affaires.
Tout n'est-il pas pour vous ? Raison, esprit, talens ;
N'êtes-vous pas encor les seuls honnêtes gens ?
(On n'en peut pas douter, car c'est vous qui le dites.)
Eh bien ! confiez-vous à ces rares mérites,
Vous êtes sûrs de vaincre : ainsi n'attendez pas
Des eaux de Carlsbad la fin de nos débats (2);

---

(1) *Tout l'Univers* sait que M. Fiev.... est très-modeste, mais un peu vif. Dans son procès devant le tribunal de police correctionnelle, la fougue de son caractère l'emporta ; le président l'invita à se modérer : M. Fiev.... lui répliqua : « Monsieur, je suis homme du monde et je sais les convenances. » Cette réponse humble mais vigoureuse étourdit le président et charma les auditeurs.

(2) On dit que le Congrès va se terminer sans daigner répondre à la Quotidienne. Le Congrès n'est pas poli.

N'allez point fatiguer de vos tristes boutades

Les grands hommes d'État, les illustres malades

Que ce beau lieu rassemble, et dont, avec raison,

L'Allemagne, en tremblant, attend la guérison.

Je sais qu'en approchant de l'époque fatale,

Où les choix vont sortir de l'urne électorale,

Vous sentez redoubler vos gothiques vapeurs;

Que, si l'on en croyait vos plaintes, vos clameurs,

Et d'un républicain la vieillesse timide,

Cette loi, des Français l'inviolable égide,

En proie aux changemens dont vous la menacez,

Avec elle verrait nos titres effacés.

Je sais que, maudissant sa récente victoire,

Vous rappelez ces temps de funeste mémoire,

Où, fiers du vil appui que prêtait l'étranger,

Dépourvus de rivaux, vous votiez sans danger;

Ces temps où la terreur, lâchement sacrilége,

Veillait, le fer en main, aux portes du collége (1).

Mais, hélas ! par malheur tout est calme à présent.

On se voit, on s'approche, on se parle, on s'entend.

Vous pouvez, il est vrai, vous entendre de même :

---

(1) On se rappelle ce que M. de St.-Aulaire nous a dévoilé à la tribune. Pour se procurer la majorité, messieurs les royalistes purs assassinaient les électeurs du parti opposé : moyen un peu rude mais fort commode.

Vantez bien vos talens, votre vertu suprême,

Et cessant d'invoquer Blucher ou Trestaillon,

Peut-être, quelque part, obtiendrez-vous un nom.

Chaque siècle, on le sait, atteint de sa manie,

En vertu gravement érigea sa folie.

Ainsi l'on vit jadis et vainqueurs et vaincus,

L'intrépide Athanase, et le fier Arius (1),

Tous les deux tourmentés d'un mystique délire,

Pour l'intérêt d'un mot bouleverser l'empire;

Et, du *Fils* et du *Verbe* aveugles champions,

Disputer sans s'entendre, et combattre à tâtons.

Pour un seul mot encor notre infaillible église (2)

En deux partis distincts à jamais se divise.

Plus tard, je vois Servet brûlé par Jean Chauvin (3),

Pour avoir rejeté la Grâce et le Destin.

---

(1) *Arius* avouait bien que le Verbe existait avant tous les siècles, mais non point qu'il fût co-éternel à Dieu. C'était une épouvantable hérésie. Aussi fut-il excommunié au concile de Nicée l'an 325, et condamné à l'exil. Il le méritait bien.

(2) L'église grecque diffère de l'église latine en ce que celle-ci prétend que le Saint-Esprit procède du père et du fils; et l'autre soutient que le Saint-Esprit procède du père seulement; ce qui est, comme on le voit, une différence essentielle.

(3) Jean Chauvin, autrement Calvin, soutient que Dieu prédestine les hommes à être damnés comme à être sauvés. Nous serions assez de cet avis. Michel Servet n'en était pas; mais ce n'était pas une raison de le brûler.

Plus près de nous je vois, sous un pape crédule,

Jansénius atteint de la fameuse bulle,

Et son livre, innocent de ces graves débats,

Damné pour des erreurs...... qu'il ne contenait pas (1).

Molina nous apprend qu'on peut, pour une pomme,

Dans un pressant besoin, assassiner son homme (2).

Le sous-diacre Pâris, autour de son tombeau,

Des chiens de St.-Médard ameute le troupeau (3);

Et des convulsions l'inconcevable rage

De ces temps regrettés vient compléter l'image.

De tous ces vains travers les dignes héritiers,

Moins dupes aujourd'hui, moins sots, mais plus altiers,

Charlatans moins obscurs, jongleurs d'une autre espèce,

Sans dédaigner l'astuce, appui de la faiblesse,

Mentent avec audace et trompent sans pudeur;

Proclament hautement, comme titres d'honneur,

---

(1) Les cinq propositions extraites de Jansénius et condamnées par la bulle *Unigenitus*, n'existèrent jamais dans Jansénius, et cette circonstance n'ajouta pas peu au ridicule de cette dispute, qui dégénéra en persécution.

(2) *Voyez* les *Provinciales*, lettre xive. Ce n'est pas Molina qui le prétend, mais Lessius, qui est un auteur grave.

(3) On appelait *Chiens de Saint-Médard*, dans le 18e siècle, les fanatiques qui couraient aux miracles de saint Pâris. Dans le 19e, comment nommera-t-on ceux qui se précipitent pour voir les farces des Missionnaires ?

Vingt-cinq ans de repos ou de lâches intrigues ;

Se vantent hardiment d'avoir, par mille brigues,

Attiré sur nos champs le fer des ennemis ;

Semblent vains de leur chute et fiers d'être soumis ;

Et, d'un vil esclavage apôtres sanguinaires,

D'ignorance et de trouble ardens missionnaires,

Pensent, en employant *sept hommes par chef-lieu* (1),

Eteindre la lumière et rallumer le feu.

Car telle est, on le sait, votre pieuse antienne,

Pâle Conservateur, dévote Quotidienne,

Et vous qui, chaque jour, montrez le drapeau blanc (2)

Ou plongé dans la fange ou traîné dans le sang.

D'un parti qui succombe exécrables organes,

En vain de nos héros vous outragez les mânes ;

Sur leurs tombeaux en vain arrachant les lauriers,

Vous en voulez couvrir le front des meurtriers (3) ;

---

(1) Ce n'est point par *chef-lieu*, mais par département que M. de Châteaubriant demande *sept hommes* pour gouverner paisiblement l'Etat. On voit que la politique du noble pair n'est pas compliquée. Nous en avons eu d'ailleurs un essai en 1815. On dit que Trestaillon la trouvait fort de son goût. C'est dommage que tout le monde n'en ait pas été également satisfait.

(2) On demandait dernièrement à un homme de beaucoup d'esprit, et qui pourtant siége au côté droit, comment ce parti avait pu adopter M. M.... — « Nous l'avons pris, répondit le député, comme on ramasse dans la boue un caillou pour se défendre. »

(3) Des soldats avaient été placés auprès du corps du maréchal Brune

En vain, de la Vendée admirateurs infâmes,

Sur l'État tout entier vous appelez ses flammes (1);

La France vous observe, et voit avec mépris

Vos souhaits, vos efforts, et même...... vos écrits.

    Mais où va m'emporter l'ardeur de la satire?

Des royalistes *purs* m'aviser de médire!

Avoir osé nommer Trestaillon et Blucher!

Et dire sans détour que l'on devrait tâcher

De parler pour s'entendre et non pour se surprendre!........

C'est bien fort : et peut-être aussi dois-je m'attendre........

Mais je n'ai point parlé des Suisses, Dieu merci!

J'ai pour les *caporaux* un respect infini (2);

Et, pour me préserver d'un bon réquisitoire,

Dieu me garde à jamais d'une encre un peu trop *noire*,

De *l'œil* observateur d'un doyen curieux,

Des témoins *ahuris* et des corps *grumeleux* (3)!

---

pour n'en laisser approcher que les animaux féroces : aussi le Martin-polis a-t-il pu déchirer le cadavre impunément.

(1) *Voyez* l'exaltation monarchique de M. de Châteaubriant sur la Vendée.

(2) Si M. Dunoyer avait été élevé, comme l'auteur, dans la crainte de Dieu et des caporaux, il ne se serait pas attiré une fâcheuse affaire. Que ne s'acharnait-il sur le cadavre de quelque maréchal de France assassiné : il avait à choisir. Mais attaquer un caporal........ qui a un colonel! et trouver encore en face le redoutable M. Vatisménil!...... M. Dunoyer devait succomber, et il a succombé.

(3) Des gens qui rient de tout (et ce ne sont pas les honnêtes gens

qui ne rient de rien, pas même des missionnaires) prétendent qu'il y avait quelque chose de comique dans les tribulations de M. le doyen Delvincour dans sa tribune aux écoutes, et dans l'effroi de la cuisinière Nanette. Mais nous, qui avons lu le belliqueux rapport de M. le Préfet de police, nous ne trouvons rien de plaisant dans tout cela.

De plus, on ne peut nier que de l'encre de *deux espèces*, des *ratures surchargées*, et de la poudre qui forme un *corps grumeleux*, ne fussent des délits très-punissables, et dont l'absolution a été un véritable scandale pour les amis de l'ordre.

FIN.

De l'Imprimerie de FEUGUERAY, rue du cloître Saint-Benoît, n° 4, près celle des Mathurins.